我寂寞的时候，别人不知道

金子美铃诗歌精选集

[日]金子美铃——著
美空——译

私がさびしいときによその人は知らないの

GUANGXI NORMAL UNIVERSITY PRESS
广西师范大学出版社
·桂林·

我寂寞的时候，别人不知道
WO JIMO DE SHIHOU, BIEREN BU ZHIDAO

图书在版编目（CIP）数据

我寂寞的时候，别人不知道：金子美铃诗歌精选集 / (日)金子美铃著；美空译. —桂林：广西师范大学出版社，2018.7

（雅活书系）

ISBN 978-7-5598-0884-4

Ⅰ. ①我… Ⅱ. ①金… ②美… Ⅲ. ①诗集—日本—现代 Ⅳ. ①I313.25

中国版本图书馆 CIP 数据核字（2018）第 102315 号

广西师范大学出版社出版发行
（广西桂林市五里店路 9 号 邮政编码：541004
网址：http://www.bbtpress.com）
出版人：张艺兵
全国新华书店经销
广西壮族自治区地质印刷厂印刷
（广西南宁市建政东路 88 号 邮政编码：530023）
开本：787 mm ×1 092 mm 1/32
印张：5.5 字数：100 千字
2018 年 7 月第 1 版 2018 年 7 月第 1 次印刷
印数：0 001~6 000 册 定价：48.00 元

名家推荐

金子美铃的诗，我把它当作一个私人的告白：她写出这些文字，不为附和时流去发表，也不是当作纯然的修辞上的训练，而只为讲出自己看到、听到的一点些微的事实，有些时候，她也会加上自己那微妙又随兴的想象。这个小集所选的一百首诗都是短诗，每一首都可看成一幅剪影小画，画面里有一个她，还有她从外部世界采撷来的某个闪着微光的片段。这是纯粹的诗，是真实心意的标记，我爱读这样的诗。

——马鸣谦（翻译家，小说家）

凭着对诗人的热爱与专注，美空独立译出了《金子美铃全集》。金子美铃遇上汉语的知音，中国读者遇到的则是美空恰如其名的文笔。这不仅是语言，也是魂灵的碰撞，而且皆发生在冥冥之中。

——莫非（诗人，摄影家）

美空译金子美铃，是接通了童年和童真，这里是童画童谣童趣童年节拍的展示台，读这些童诗和童谣，孩子找到了伙伴，成人发现了自己的丧失与对童年童真失去的羞愧！想要重回失去的乐园，就去读金子美铃，向身边的儿童学习，有无数的金子美铃在孩子身上居住！美空是走向金子美铃的桥，我们从桥这头走向桥那头。

——耿立（散文家，诗人，儿童文学作家，珠海大学教授）

金子美铃的诗，还没有来得及彻底成熟起来，但是，这已经够了。这善良悲哀的美，已经足够我们悲哀，已经让我们难以承受。谢谢美空的译文。谢谢美空那一颗同样善良的灵魂。也只有气息相通的人，才能知道金子美铃的内心，而美空就是。

——人邻（散文家，诗人）

稚拙的纯真，透明的单薄，使这些诗拥有晶莹的品质。

——沈天鸿（作家，诗人，安徽省作协副主席，高级编辑）

诗歌把两个国家两个时代的人，放逐到一条河流之上——童年的歌谣。童谣是美与爱的本源。美空近年致力于翻译日本诗人金子美铃的童谣诗歌，诗风淳朴简约，意蕴绵绵，意境深远，在诗歌翻译界，让人侧目。同样，令我十分喜欢。

——傅菲（散文家）

每个人心里都住着一个弱小的孩子。这个孩子胆怯，孤独，执拗而忧伤。因此，童诗应该是最能唤醒灵魂共鸣的诗。而好的童诗是那么少，少到已经成为一种奢望。

很高兴的是，几年前陆陆续续读到了不同版本的金子美铃，诗歌中明亮的忧伤与孤单让人难忘。之后又看到美空的译本，格外惊喜：其译本语言清新活泼，更好地保存了“诗”的气息，从而让阅读变得愉快。

——红土（诗人）

读金子美铃令我吃惊，我认为她是至少一百年里世界文学中最重要的童谣诗人。关于她的书有几个译本，但我偏爱美空的译诗——简单而直接。现在美空的译诗要出版，祝贺她。其实我更想说的是，感谢她和金子美铃两位女士。

——玄武（作家，诗人）

读金子美铃的诗，像在观察屋檐下的晨间露珠，晶莹剔透，担心风吹草动。美空译诗用词简素，节奏如律，气韵明秀，令人心为之倾。

——周公度（诗人，作家，《传物》杂志主编）

这是一本童诗，也是一本适合大人阅读的诗集，它能让读到它的人遇到童年时的自己——那个天真的，对什么都好奇，又有点胆怯，有点说不出寂寞和孤单的自己。

感谢译者美空，借由她优美而准确的译介，让我在每一首诗里都闻到来自苹果、百合、艾草和晚饭花的气息——又甜又苦，芬芳又纯净。

——项丽敏（诗人，散文家，儿童文学作家）

金子美铃的诗，不全是悲伤，不全是童稚，美空译出了她悲哀中的赞叹、天真背后的苍凉。

——廖伟棠（香港作家，诗人）

从美空的译本里，我感受到了金子美铃在夏日树荫下的明亮的忧伤和采草子花的孩子天真纯朴的菩萨脸。如果要给一种颜色，那是草花的蓝。看不到这样的蓝，无法读懂金子美铃。这个译本，在在是草花蓝的影子。那是译者和作者两颗朴素灵魂倾心的照见与呼应。

——陆梅（散文家，儿童文学作家，《文学报》副总编）

译者和诗人之间，存有神秘的灵魂交互。所以，这一册汉语中的金子美铃，她那令人吃惊、令人心痛的纯净与美，依然那么清晰、那么逼人。

——黑陶（诗人，散文家）

目录

我寂寞的时候，
别人不知道

天的那边

天的那边有什么

积雨云不知道
就连太阳　也不知道

天的那边有的
是有时山和海说话
有时候人变成乌鸦的
奇怪的　魔法的世界

八百屋*的鸽子

老鸽子小鸽子
鸽子有三只
在八百屋的房檐上
咕咕叫

茄子紫的
卷心菜绿的
草莓的红也
润得亮晶晶

买点什么好呢
白的鸽子
在八百屋的房檐上
咕咕叫

---

* 八百屋，即水果蔬菜店。——译注（下同）

白的鸽子
在八百屋的房檐上
咕咕叫

麻雀的母亲

孩子

抓了

一个小麻雀

那孩子的

母亲

在笑着

小麻雀的

母亲

在看着

在屋檐下面

不叫

她看着

鸡

上了年纪的　一只鸡
站在荒地里

站在地里　在想着
离开了的雏们　怎么样了呢

草长得茂盛的　旱地里
葱花的小秃头三四枝

脏脏的白鸡
站在荒地里

桂花

桂花的香

满满一院子

大门口的风

在门边

进去呢　还是不进去呢

在商量

煤油灯

来看
乡下的祭礼
日短的秋天
天黑了

在神轿的声音
很远的时候
煤油灯暗得
无依无靠……

如果不眨眼地盯着看
是哪里呢
窃窃地
虫在叫

行军将棋 *

行军将棋的骑兵
做了敌人的俘虏了

做了俘虏的骑兵
想从　手掌的阵营逃脱
实在太急掉下来了

哇呀哇呀，不得了
救救我啊要烧死啦

目瞪口呆小苍蝇一看
熄了火的　火盆的正中间
可怜的骑兵呀　一身　的灰

---

* 行军将棋，也叫军人将棋，通常为 2 人对阵的桌面游戏，棋子（五角形状木片）依照军队的级别和兵种设置。

魔杖

卖玩具的
在午睡哟
在春天的日长的河渠旁

从这里的柳荫
我手杖一挥
店里的玩具全都活起来
橡胶的鸽子　飞走了
纸糊的老虎吼出来……

如果那样
卖玩具的
会是怎样的表情

忙碌的天空

今夜天空很忙
云不断不断地飞跑

和半个月亮撞了
依然　若无其事地跑

小云团团转　碍手碍脚
从后面来的大云 一下追上去

半个月亮也在云里面
挤呀　挤呀　跑出去

今夜天空很忙
真的　真的　很忙

今夜天空很忙
云不断不断地飞跑

秋高气爽

好天气　好天气
河边的树梢头
伯劳高声叫

晒干了　晒干了
收割后的田里的稻子
朴树上晾着的稻子

一辆接一辆啊　一辆接一辆啊
对面街道上往来的
装稻的车

好天气　好天气
叫吧叫吧伯劳鸟
在　深得无底的天

夜半的风

夜半的风是使坏的风
独自走过　多寂寞

合欢的叶子要摇一摇吗
合欢的叶子被摇了
做着　乘船的梦

草叶要摇一摇吗
草叶被摇了
做着　荡秋千的梦

夜半的风好像很无聊
它独自　穿过天空去

扑克牌的女王

节日过后的
夜游戏上
一不小心丢失了的
女王

不知不觉已忘记
日子过去
是秋日好晴天的
大扫除
从地板的下面　出来了

浑身是泥
落了魄
连头发也白了的
老婆婆

老鹰

老鹰缓缓地
画了一个圈
那圈的正中
找过了吗

如果是海会有沙丁鱼十万啊
如果是陆地　是老鼠一只

老鹰缓缓地
画了一个圈
往那圈的正中
抬头一看

轻轻浮着的是　大晌午的
月亮

大渔

朝霞　可爱的朝霞
大渔获
是沙丁鱼的
大渔获

海滨就像
节日一样
可是　在大海的里面
要举行
成千上万的
沙丁鱼的葬礼吧

新年和月亮

月亮
为什么瘦

门松*的
松针一般
为什么细

在新年来的时候

* 门松，正月立放在家门口的装饰性松树。古代日本认为神仙居住在树梢上，所以门松有迎接年神进门的意思。新年将松树带回家的习俗始于平安时代，从室町时代开始，松树做玄关装饰物已成定例。

月亮
为什么瘦

我寂寞的时候，
别人不知道

我的老家

妈妈的老家
在山那边
桃花盛开的
桃村

阿姐 * 的老家
在海那边
鸥鸟群集的
孤岛

我的老家
不知道在哪里啊
总觉得
在某个地方呀

---

* 阿姐，帮佣的年轻女子。

月亮船

满天的鱼鳞云
天上的海
翻着大浪

从佐渡*回来的千松**的银舟
一时看得见一时　又不见

黄金的橹也漂走了
什么时候啊
才能到故乡

一时看见
一时又不见

---

* 佐渡国，日本旧国名，位于今新潟县佐渡岛。

** 千松，为歌舞伎剧目《伽罗先代萩》中人物。

乱波纷涌的海

从这头到那头　船在走

弹弹珠 *

满天都是星星
好看的　好看的　弹珠啊

哗啦　弹珠　散开了
从哪个开拿呢

那个星星
一弹
就这样打到了
然后
那个星
这样地吃掉它

---

* 弹弹珠又叫“弹玻璃球”“弹球儿”“打珠子”，一种流行于20世纪下半叶的儿童游戏。玩法多样，大致为两人或两人以上的对抗性游戏，以自己弹珠击中别人的母弹，或将圆圈中的弹珠击出圈外，对方弹珠就归为击中者所有，俗称“吃掉”。

吃了再吃　也不会变没有

天上的弹珠　的星星

满天都是星星
好看的　好看的　弹珠啊

我寂寞的时候，
别人不知道

吵架之后

孤单单的了
一个人了
席子的上面多冷清

我才不管
是那孩子在先啊
可是可是　多寂寞

偶人也是
孤单单的了
抱着偶人　也还空落落

杏花
纷纷纷纷落
席子的上面　多寂寞

杏花
纷纷纷纷落
席子的上面　多寂寞

我寂寞的时候，
别人不知道

葬礼游戏

葬礼游戏
葬礼游戏

小坚　你拿旗
麻宝　你是和尚
我拿漂亮的花
瞧，叮叮，南啊无，南无

然后大家被骂了
狠狠地　狠狠地　被骂了

葬礼游戏
葬礼游戏
就此匆匆收场了

野火和蕨

山里的山里的小蕨菜
迷糊糊迷糊糊　做着梦

梦到红色翅膀的大鸟
在空中飞

山里的山里的小蕨菜
从梦里醒来在伸懒腰

可爱的拳头　出来一点点
在春日的黎明　在伸懒腰

奇怪的港口

旧的港口的大钟
把六点挂在了上面
两根针不停地
不知为何往左转

朽坏的栈桥上
火红的花只有一朵
被正午　的光摇着

黑的　静静的水的上面
山一样沉默着
泊着　古时候的船

有那样的港口的地方
是哪里的国　是什么时候

问谁谁也不会知道

那是我的梦嘛

我寂寞的时候，
别人不知道

没有家的鱼

小鸟在树枝上做窝
兔子在山里的洞穴住

牛在牛舍的　稻草的地上
蜗牛呀什么时候都背着家

大家都有家啊
晚上都在家里睡啊

可是　鱼有什么
也没有挖洞的手
也没有结实的壳
人也不给他盖小屋

没有家的鱼

潮水轰鸣的夜也是　上冻的夜也是

都整夜整夜　游着吧

卖花的老爷爷

卖花的老爷爷
去卖花
花在大街上　全都卖光啦

卖花的老爷爷
多寂寞
种的花全都卖光啦

卖花的老爷爷
天黑了呀
孤单一人　在小屋里面

卖花的老爷爷
做梦
梦到卖走的花们的幸福

恶太郎的歌

哭呀哭呀
逃走了
孬种
毛毛虫

俺
可不管
回家
告状去啊

那孩子的娘
会
替他
来发火

俺们
娘
是后娘

鱼的春天

海藻发了嫩芽
水也开始变绿了

天上的国度也是春天了吧
去看的话会眼花哟

飞鱼叔叔　在那天上
忽地一闪飞过啦

发了嫩芽的海藻的下面
我们　也玩捉迷藏吧

海藻发了嫩芽
水也开始变绿了

春晨

麻雀不要叫
真是好天气啊
迷糊糊　迷糊糊
真困啊

上面的眼皮说睁开吧
下面的眼皮说等等啊
迷糊糊　迷糊糊
真困啊

麻雀不要叫
真是好天气啊
迷糊糊迷糊糊
真困啊

隔壁的孩子

蚕豆剥着剥着
听到了呀
隔壁的孩子
讨骂了

是不是要去看看呢
不好吧
蚕豆握着
出去看
蚕豆握着
又回来

捣了
什么样的蛋呢
隔壁的孩子
讨骂了

我寂寞的时候，
别人不知道

切石

被石匠切割开的
切石
飞到了街上的
水洼里

放学路上
左边
赤脚的孩子
小心呀

切石呀它被切了
正在生着气

鱼嫁女

鱼仙女要出嫁
要嫁到　那边的海岛

一直排到海岛的队伍
闪啊，闪啊　镶着银

岛上月亮
提着灯笼在迎亲

哎呀呀真是壮观的队伍
在海面上　在行进

给卖鱼的阿姨

卖鱼的
脸朝着那边啊
现在我
要插花了啊
插樱花

因为阿姨　你的发间呀
花簪子
星星一样的发卡
什么也没有　多冷清

瞧　阿姨
你的发间
比那戏里仙女的簪子还漂亮的花
山樱花开了

卖鱼的

朝这边看啊

刚刚我

插了花了

是樱花

树的果实和孩子

落下的树果被捡了
被染坊的　拖油瓶孩子捡了

染坊的拖油瓶孩子　被骂了
天黑回去被骂了

捡的树果被扔了
在染坊的后门口　被扔了

被扔了的树果发了芽
在染坊的拖油瓶孩子　不知道的时候

蚊帐

蚊帐里面的我们
是被网网住的鱼

蓝色的月夜的蓝色的海
浪轻轻摇着的蓝色的网

在什么也不知道的睡着的时候
闲得没事的星星来拉网
晚上半夜里一睁眼呀
正睡在　云雾的沙滩上

茧和墓

蚕进去
茧的里面
去到看起来窄小的
那茧里面

可是　蚕
很欢喜吧
变成蝴蝶
就能飞了啊

人进去
墓的里面
进到黑暗寂寞的
那墓里面

然后好孩子

长出翅膀

变成天使

就能飞了啊

女孩子

女孩子嘛
就是
不可以
爬树的啊

骑竹马
就是疯丫头
打陀螺
就是蠢货

我只是故意
我知道的
因为玩一次　就被
骂一次

女孩子嘛　就是
不可以
爬树的啊

我寂寞的时候，
别人不知道

深夜的天空

人和草木睡着的时候
天空　真的很忙

星星的光　每个都在肩上
背一个漂亮的梦
要送到　大家的床上
闪啊闪啊在空中　来来去去飞
露水仙子　在天还没亮的时候
去给城里露台上的花
给山里的草木　连最下面的叶子
也一个不落　去发露珠
银马车驾得多么急

花和孩子睡着的时候
天空　真的很忙

小石头

昨天让小孩子
跌了跤
今天把马儿
绊了蹄
明天谁会
走过呢

乡间路上的
小石头
在红的夕阳里
满不在乎的 没事儿人

蔷薇的根

最初开的蔷薇
是红色的大大的蔷薇
　　土里面根在想
　　“真高兴呀
　　真高兴呀”

第二年呀　是三朵
是红色的大大的蔷薇
　　土里面根在想
　　“又开啦
　　又开啦”

第三年呀　是七朵
是红色的大大的蔷薇
　　土里面根在想

“最初的那朵
为什么没有开”

土里面根在想
“最初的那朵
为什么没有开”

散传单的汽车

散传单的汽车来了
锵锵锵　载着乐队到来了

捡传单呀　红传单
再捡再捡呀　黄传单

散传单的汽车来了
散传单的汽车　跟着它跑吧

出了城呀　飞落的传单
散到原野就是紫云英
落到地里　变成油菜花

是春天的车　跟着它跑吧

豉甲 *

水弧划了一道　灭了一道
划三道　全灭掉

在水上划七道弧
魔法就会　变成泡泡消失掉

被池子主人囚住的
现在的样子　是豉甲

昨天今天都是蓝的水
云一个不少映在里面

---

* 豉甲科鞘翅目水生甲虫，在水面上回旋，体长约7mm，眼分上下两部分，分别朝水中和空中看。分布于日本全境、朝鲜半岛、中国台湾。

可是一个、两个　水弧
一个接一个　灭掉了

地里的雨

萝卜地的春天的雨
到绿叶子的上面来
小声　笑的雨

萝卜地的白天的雨
到红砂地的土里来
不作声地　寂寞地钻进去

赤脚

泥地黑黑　是湿的
光着的脚　真好看

可是名字也不知道的姐姐
帮我　穿好了木屐

蔷薇的城

绿色的小路　露水的路
小路尽头　是蔷薇的家

风吹一吹就摇晃的蔷薇的家
摇一摇就香的　蔷薇的家

蔷薇精灵从窗里
亮出　小小的金羽毛
它和它的邻居在说话

轻悄悄　敲一敲窗
窗子没有了　小精灵也没有了
只有风里面花在摇

在蔷薇颜色的黎明

在我到访的　蔷薇的城

那一天

我是蚂蚁

葫芦花

知了也不叫
在傍晚
一个　一个
只有一个

吱哩哩　吱哩哩
在松螺丝

绿色的花苞
只有一个

哦　神仙现在
在里面

纸拉门的画

这里　是睡觉的森林
是被坏仙女诅咒的
一切都睡着了的森林

红帽子的啄木鸟
停在扁柏树上　睁着眼
啄着啄着睡着了

开着花的樱树旁呀
张着翅膀　飞着飞着
两只绣眼鸟睡着了

花睡着了　也不散
风睡着了　也不摇
这里是睡着的森林哟
是长长久久　睡着的森林

花睡着了 也不散
风睡着了 也不摇

云

到山里
找谁呢
云往山里
进去啦

山里面呀一个人
也没有
云从山里
出来啦

无趣一般
在向晚的天空
云独自
在飞啊

海边的神轿

乱涌呀　波浪　波浪　人的波浪
神轿的小船要翻啦
嗨哟嗨哟　嗨哟嗨哟

眼见着波浪　波浪　人的波浪
往邻街唰地直退去
嗨哟嗨哟　嗨哟嗨哟

背后是波浪　波浪　海岸的波浪
像往常一样　迅速往那边
哗　哗　哗啦空

日历和时钟

因为有日历
就把日子忘了
看一下日历呀会说
四月了呢

即使没有日历
也会知道日子
乖巧的花儿
是在四月开啊

因为有时钟
就把时间忘了
看一下时钟呀会说
四点了呢

可是就算没有时钟

也知道时间的

巧嘴的鸡

是在四点叫啊

花魂

凋落了的花的灵魂
在菩萨的花园里
一个不剩全都会生出来

因为　花温柔
太阳喊它的时候
它就啪地打开　微微笑着
给蝴蝶吃甜的蜜
把香呀　都给人

在风说你来的时候
它就很乖地跟过去

连遗骸　也给我们
做过家家的饭

早晨和夜晚

早晨从哪里来

从东山偷眼看了一看
转眼跑过天空
静静地　往小镇落下来

树荫、地板下　那样的地方
在日出之前呀不要看

夜晚从哪里来

从地板下面　从树荫
浓浓升起来
忽地变大　站到了房檐上

夕阳都落下去了

往云的那头　还没送到

彩虹和飞机

小镇的人第一次
看到彩虹
出来看飞机
看到了彩虹

从阵雨后的天上
飞机
往彩虹的弧中
急急飞

明白了
明白了
飞机
是要给小镇的人
看这彩虹

它是使者
从彩虹那里
来的啊

树

小鸟
在顶高的树梢头
孩子
在树荫的秋千上
小小的叶子
在芽里

那棵树
那棵树
很欢喜吧

茶具架

在茶具架的上面有
白铁皮罐
童话故事里的
银的壶

钟如果
敲了三下
从里面出来的
会是饼干

茶具架的里面
是点心钵
昨天
还有蛋糕

可是点心如果不会
自己生出来
那么现在肯定
是空的

可是点心如果不会
自己生出来
那么现在肯定是空的

我寂寞的时候，
别人不知道

露

跟谁也不要说呀

在早上院子的角落里
花儿落泪哭了的事

如果流言散开来
被蜜蜂听到

他会像做错了事一样
会把花蜜　还回去的吧

跟谁也不要说呀
在早上院子的角落里
花儿落泪哭了的事

转圈儿

转圈儿　转圈儿　圈儿转不停

学校的大门　绕着圈儿转
有树就绕树呀　转呀转圈儿
草垛的周围　转圈儿
大家牵手　转圈儿

这条路上呀　什么也没有
有个一年级的孩子啊
绕着那孩子　转呀转圈儿

“转圈儿玩　怎么样
转圈儿玩　怎么样”

夜里凋落的花

晨光里
凋落的花
麻雀也会陪它
和它比飞啊

晚风里
凋落的花
钟　会唱歌
给它吧

夜里凋落的花
和谁玩
夜里凋落的花
和谁玩

我寂寞的时候，
别人不知道

笑

那是漂亮的蔷薇的颜色
比罂粟的种子　还要小
洒落到泥地上的时候
啪地　焰火绽放一样
大大的花儿就会开

如果笑得有眼泪落下
如果是这样的笑
多么的　多么的　多漂亮

春天的织机

嗵　嗵　嗵喀拉哩嗵
佐保姬*仙女
从前　在织布

把麦子织成绿色
把油菜织成黄色
把紫云英织成红色
地丁　织成白色
五彩的丝线
一口气用了四彩
剩下的
净是蓝线

---

* 佐保姬，春天女神。日本奈良县佐保山的神格化。佐保山位于奈良县东部，东部四季如春，据说春天女神源于此。

嗵　嗵　嗵喀拉哩嗵

佐保姬仙女

用它　织了天

寂寞的时候

我寂寞的时候
别人不知道

我寂寞的时候
朋友们在笑

我寂寞的时候
妈妈很可亲

我寂寞的时候
菩萨也寂寞

我寂寞的时候，
别人不知道

拳螺 * 的家

海上的黎明　砂子路
咚咚　“我是送奶工，
海豚奶给您放这儿啦！”

海上的白天　松藻的行道树下
“号外号外”　叮当叮当
“鲸被鲕鱼网挂住啦！”

海上的深夜　岩石后面
咚咚　“快快，快开门
电报、电报！”可是静悄悄

你感冒了吗，外出了吗，在睡懒觉吗

---

* 拳螺，亦称蝾螺，壳为拳形，可食用。栖于潮间带以下的礁岩，分布于朝鲜半岛、日本北海道以南地区。

拳螺的家不开门

天亮天黑　都是静悄悄

拳螺的家不开门
天亮天黑　都是静悄悄

象

想要骑上大大的象啊
想要去　印度那边

那如果太远的话
至少想变小
想骑上　玩具的象啊

油菜花田　麦田
多么深的森林

从那里驱赶出的野兽
是比象还要大的鼹鼠

天黑了呀　就去问云雀借宿
七天七夜　在森林深处

拖着野兽的小山
一边从深林出来的时候

紫云英的树夹着道
从那里抬头看的天空
会是多么多么地　漂亮啊

光的笼子

我现在呀　是小鸟

在夏天的树荫下　光的笼子里
被看不见的谁饲养着
把知道的歌　全都唱个遍
我是可爱的小鸟

光的笼子会破掉
只要翅膀啪地一张开

可是　我是很乖的
养在笼子里唱着歌的
好心肠的小鸟

樱花树

如果　妈妈不骂的话
开着樱花的那个枝桠
想要爬上去　看一下啊

如果爬到最高的那一枝
小城　看起来会像云霞里
童话的王国一样吧

第三高的枝上坐下来
在花间　被花围住呀
我是花仙子

就像是我撒了奇妙的灰*

让花　开出来

如果谁都不找我呀

真想爬上去啊　看一下

---

*　奇妙的灰，出自日本民间故事《开花爷爷》。说山里一对心地善良的老夫妇，从河里捡了一条受伤的白色小狗，像养小孩一样养它疼它。有一天，狗一边刨地一边说："挖这里汪汪。"老夫妇一挖，挖出来了金币。老夫妇很高兴，也对村民们慷慨解囊。隔壁住的恶夫妇听说后强行借狗去探宝，可狗给他们指的地方挖出来的都是破烂。于是恶夫妇杀了狗。心地善良的老夫妇带回死狗埋在院中，并在坟前植树守墓。树在短时间内很快成材，狗托梦让老夫妇伐木做臼，老夫妇依言而行。在臼中舂饼时，又舂出了财宝。恶夫妇再来借臼，舂出来的却是秽物，恶夫妇一怒之下将木臼劈碎并付之一炬。善良的老夫妇取回了灰，进行供养，狗又托梦，叫把灰撒在枯了的樱花树上。老夫妇复依言而行，樱花枯木开花，感动了大名，于是老夫妇得到了褒扬。而恶夫妇东施效颦，撒灰的时候却将灰撒到了大名眼中，得到了惩罚。

如果爬到最高的那一枝
小城　看起来会像云霞里
童话的王国一样吧

看不见的城堡

狩猎在野狩猎在山　天已向晚
带上看不见的仆人
回去看不见的城

山野里看不见的羊倌
远远　吹着看不见的笛
唤看不见的羊

森林的对面呀金黄色的
看不见的城堡的　窗里的灯
一闪一闪　闪着亮

我是小小的王子
骑看不见的马　而去
看不见的铃　发出回响

山樱

樱花　樱花　山樱花
我插在头发上了
成了山的仙女了

樱花　樱花　山樱花
在那树下站了
是山的仙女站着了

樱花　樱花　山樱花
说　跳舞给你看
山的仙女说话了

樱花　樱花　山樱花
纷纷扬扬舞着了
舞给了那山的仙女看

樱花　樱花　山樱花

从发间　都散落

跑呀跑呀跑回家　在那山路上

仙人

吃了花的仙人
升到天上去了
　于是故事结束了

我吃了花
深红的桃花很苦
　于是吃了紫云英

光吃花的话
什么时候就能去天上吧
　于是又吃了一朵

可是天就要黑了
人家的灯点了起来
　于是吃了饭

光吃花的话
什么时候就能去天上吧

和好

紫云英的田埂上　落春霞
对面站着那孩子

那孩子拿着紫云英
我也　采着那草子花

一发觉那孩子笑
我也不知不觉地笑了

紫云英的田埂上　落春霞
噼哩叽咕　云雀叫

紫云英的田埂上　落春霞
噼哩叽咕　云雀叫

单脚跳

跳呀　跳呀　单脚跳

断了的草鞋拎在手里
麦田的路上单脚跳

跳的时候看得见远的浅滩
那边的田埂　的豆花
麦子　我跳一次它也　跳一次一样

路边上是紫云英
菜花也开得泼出来

右采花　左采花
断了的一只真碍事

断了的草鞋还要吗
扑地丢掉它　单脚跳

跳呀　跳呀　单脚跳

断了的草鞋拎在手里
麦田的路上单脚跳

积雪

上面的雪
很冷吧
冷冷的月照着它

下面的雪
很重吧
好几百人踩着它

中间的雪
很寂寞吧
也看不见天　也看不见地

声音

天空明亮的
傍晚
总是远远地
有声音传来

没错是在
玩笼目*什么的
也或者
是波涛的声响
还是
是孩子的声音吧

不知为何饥肠辘辘的

---

* 笼目，儿童游戏之一，一人蒙目蹲在中间，其他人围着他边转圈边唱歌，歌声停止后让他猜身后的人是谁。

傍晚

总是远远

有声音传来

滚铁环

那条街穿过去
这条街穿过去
滚铁环　嘎啦嘎啦
一辆人力车
两辆马车
超过去　嘎啦嘎啦
第三条街穿过
已经出了城
往城的外面去　嘎啦嘎啦

水田的路
连到天上
一直到天上去　嘎啦嘎啦
天要黑了呀
往晚霞的里面

一甩　回家啦

从海里出来的星星
顶着那个环
天文台的博士
吃惊　打呃　晕得团团转
“大发现呀　不得了
土星变成了两个啦”

擦玻璃

爬上窗子　擦玻璃

擦着擦着看一看　教室的
桌子上面生了草
谁呀赤脚　正在拔

拔草的上面的黑板上
谁正在　刷墨汁

刚刷好的黑板上呀
是花儿　盛开的山樱

看孩子的小姐姐　去看花去看花
河坝的对面　走过了头

也不理映着的影子

也不理　看着的我

做

小鸟
用稻草
做那窝
　　　那稻草
　　　那稻草
　　　是谁做的呢

石匠
用石头
做坟墓
　　　那石头
　　　那石头
　　　是谁做的呢

我

用砂子
做盆景
　　那砂子
　　那砂子
　　是谁做的呢

看不见的星星

天空的深处有什么

天空的深处有星星

星星的深处有什么

星星的深处也还是星
有眼睛　看不见的星

看不见的星星是什么星

有众多护卫的王
他的　喜欢孤独的灵魂
和抛头露面的舞女的
想要藏起的灵魂

鹎越 *

鹎越坡陡
下悬崖
蚂蚁的大军
冲锋又陷阵

进攻的目标平家
是梨核儿
是我丢掉的
梨核儿

　山口的茶屋的
　　午后

* 鹎越，地名，从兵库县神户市越过六甲山地至坂本的山路。因源平合战而闻名。源平合战说的是：源义经骑马率军到了陡坡，一时驻足，因听当地人说正有鹿在下坡，于是骑马率兵从陡坡直下，奇袭了驻扎在一之谷的平氏阵营而取胜的故事。

落着松针和
阵雨般的蝉鸣

蚂蚁大军
勇猛地
包围了
梨子城

落叶的纸牌

山路上散落的纸牌
是什么牌
金的红的落叶的牌上
虫眼儿样式的笔迹

山路上散落的纸牌
谁来读
黑色的小鸟翘着黑尾巴
唧唧　唧唧　在叫

山路上散落的纸牌
谁来取
当然不是山　是这山风
唰地一下　抢去了

指甲

大拇指的指甲
扁扁脸
看起来健壮的脸
　　是我们的老师

食指的指甲
歪歪脸
就要哭出来的脸
　　是那时候的　马戏团的小孩

中指的指甲
圆圆脸
正在笑的脸
　　是以前的阿姐

无名指的指甲
四方脸
想事儿的脸
　　是那个　旅人叔叔

小拇指的指甲
细长又漂亮
　　好像认识
　　又不知道是谁

一万倍

就算把全世界的王的
御殿全都聚拢来
也还要比那　漂亮一万倍
—— 用星星装饰的夜空

就算把全世界的女王的
衣裳全都聚拢来
也还要比那　漂亮一万倍
—— 映在水中的早晨的虹

星星装饰的夜晚的天空
水中倒映的早晨的彩虹
就算都聚拢来也还要
比那漂亮一万倍
—— 天那边的神的国度

孩子和潜水者和月亮

孩子采野地里的花
可是　在回去的路上
扑簌簌扑簌簌地撒

回到家　什么也没有

潜水的人采海里的珊瑚
可是　一上来就放到船上
单单一个身子
又潜下水

自己的东西　什么也没有

月亮捡天上的星星
可是　如果过了十五

就又往天上撒

三十的时候　什么也没有

把什么都喜欢

我想要喜欢
不管什么　什么都喜欢

葱　番茄　还有鱼
一个不落　想要全部都喜欢

因为我家的菜　全部
都是妈妈做的啊

我想要喜欢
不管是谁　谁都喜欢

医生也好，鸟儿也好
谁也不落下　想要全部都喜欢

因为世界上的东西全部

都是神做的啊

水和影子

天的影子
满满　在水里

在天的边缘
也映着树丛
也映着野蔷薇
水天真纯朴地
映着任何东西的影子

水的影子
在树丛的繁茂里一闪一闪

明亮的影子啊
清凉的影子
摇晃着的影子

水又简朴又恭谨

它自己的影子是小小的

我的头发的

我的头发发亮
是因为妈妈总摸　摸出来的

我的鼻子塌
是因为我老擤鼻子　擤的

我的围裙白
是因为　妈妈总洗总洗的

我的肤色黑
是因为我吃炒豆子　吃的

玻璃的里面

因为大门前的雪看得见
因为纷纷扬扬　像花
把采光拉门的花玻璃
烤着暖炉看

往后门的小木屋去取柴的
在落着的雪中走去的
奶奶的背影
一闪一闪　不见了

酢浆草

跑着登上了
寺院的石阶

参拜完了
下到一半
不知为什么　忽然
想起来

石头缝里的
酢浆草的
红的
小小的叶子
—— 就像在很远的从前
见到的一样

街

穿过　穿过
春天的街道
穿过　穿过
直着穿过

拉货的马车　板车
汽车　自行车

穿过　穿过
白白的路
穿过　穿过
横着穿过

讨饭的孩子和
烟的影子

桃花的花瓣

短短的　绿色的
春草
桃树给它撒了花

枯了的寂寞的
竹篱笆
桃树给它撒了花

湿的黑的
地里的土
桃树给它撒了花

太阳
高兴地
喊花的灵魂

我寂寞的时候，
别人不知道

（是从草上

从田上

摇摇晃晃升起来的阳炎*啊）

---

* 在日光强烈的春天或夏天的海滨，靠近地面的空气温度高，密度低；而周围较冷空气的密度高，由此密度差产生光折射，致使物体看起来有摇动现象，称为“阳炎”。

我和小鸟和铃

我张开双手
也不能向空中飞起一点点
可是能飞的小鸟　却不能像我一样
在地上快快跑

我就是摇动我的身体
也发不出美妙的音
可是那鸣唱的铃却不像我一样
知道　好多好多的歌谣

铃　小鸟　还有我
我们不一样　我们一样好

铃　小鸟　还有我
我们不一样　我们一样好

波浪

波浪是孩子
牵着手　笑着
聚齐了一起来啦

波浪是橡皮擦
把沙滩上的文字
全部一路擦去啦

波浪是士兵
从海上靠过来　一下子
嗵嗵嗵地开枪啦

波浪是忘事佬
那么那么漂亮的贝壳
落在了沙滩上啦

奇怪

我奇怪得不得了
从黑的云里下下来的雨
闪着银色的光

我奇怪得不得了
吃着绿桑叶的
蚕会变白

我奇怪得不得了
谁都没有捣鼓那葫芦花
它自己啪地　就开了

我奇怪得不得了
不管我问谁谁都笑着说
这是当然啦

足拍子

出了蕨菜样子的云
天空的里面　春天来了啊

我一个人看天
一个人就　打足拍子了啊

一个人打足拍子
一个人就　笑起来了

一个人笑起来
有人也一起笑起来啦

枸橘篱笆发了芽
小路上也有　春天来了啊

祇园社

沙啦沙啦
松针落下来
神社的秋天
真寂寞呀

西洋镜的歌啊
瓦斯的灯啊
系着红带子的
肉桂啊

如今
塌了的冷饮店里
唰啦唰啦
只有　秋风吹

九月十三夜 *

早上时分过去的
阵雨
雪子夹杂在里面

从昨天
突然吹起冷风
妈妈贴好了　纸拉门

现在是连云
也看不见
又冷　又清澈的九月十三夜

---

* 原题“十三夜”，可指阴历每月的十三夜，也特指阴历九月十三夜，九月十三为日本特有的民俗节日，在佛坛上供节令的毛豆或栗子，因此该夜的月亮也称为“豆名月”或“栗名月”。

这草丛里

鸣虫

突然就少了

奶奶的病

奶奶病了
庭院里草长起来了

之前花开的时候　每天早上
都折了　去给菩萨
蔷薇的叶子满是洞
半支莲　也枯了

隔壁来的鸡也
不知为何歪着小颈子

白天也是开阔地　悄无声息地
秋天的风在吹
就像变成了　空房子一样

给雪

落到海里的雪　变成海
落到街上的雪　变成泥
落到山上的雪　还是雪

天上还没下的雪
喜欢哪一个

落到海里的雪 变成海
落到街上的雪 变成泥
落到山上的雪 还是雪

我寂寞的时候，
别人不知道

歌

感冒好了
一出大门
大家都穿着坎肩了

听大家
唱歌
“嗨　嗨　宝莲坊”

不知道那歌儿
一边听
一边袖着手看山
山已经成了　红叶山

山和天

如果山是玻璃
我也可以　看得见东京吧
—— 像坐火车
　　去的
　　哥哥那样

如果天是玻璃
我也可以　看得见神仙吧
—— 像变成了
　　天使的
　　妹妹那样

牵牛花

蓝色的牵牛花　朝着那边开了
白色的牵牛花　朝着这边开了

一只蜜蜂
在　两朵花

一个日头
在　两朵花

蓝色的牵牛花　朝着那边谢了
白色的牵牛花　朝着这边谢了

所以　没有了
嗨依，再见。

蓝色的牵牛花 朝着那边谢了
白色的牵牛花 朝着这边谢了

红靴子

天　昨天今天都是蓝的
路　昨天今天都是白的

水沟边也有花开着
小小的　繁缕的花开着

哥儿也换了轻快的衣裳
一步　两步　走起来

一步迈出　很得意
笑啊　笑啊　笑声响

穿着刚买的红靴子
哥儿，走　春天来了啊

野蔷薇的花

白的花瓣
在刺里
“喂　很痛吧”
微风
赶过来帮忙
一来
扑簌　扑簌地
就散了

白的花瓣
在泥上
“喂　很冷吧”
太阳
静静地　照着
一暖它

变成茶色

就枯了

蝈蝈儿爬山

咯哩咯琼　去爬山
早上老早　去爬山
　　呀，哼哟，嗨哟，哼哟，嗨

山上是朝阳　原野有朝露
太能跳了　浑身是劲儿
　　呀，哼哟，嗨哟，哼哟，嗨

那山　山顶上　秋天的天
凉凉地碰到了　这胡须
　　呀，哼哟，嗨哟，哼哟，嗨

跳一跳　跳起来　昨夜见到的
星星的地方也　去得到
呀，哼哟，嗨哟，哼哟，嗨

太阳　很远呢　真冷啊
那山　那山　还很远
　　呀，哼哟，嗨哟，哼哟，嗨

好像见过的这花　白桔梗
是昨夜的住处　哦呀　咦
　　呀，哼哟，嗨哟，哼哟，嗨

山上是月夜　原野有夜露
喝口露水什么的　睡了吧
　　啊啊，啊啊，打哈欠了，好困啊，嗨

译后记

◎美空

2015年11月，有一天晚上，我坐在被窝里东看西看，突然就“啊”地叫出来，“啊啊”着一掌拍下去，我看到的，是一个叫作“金子美铃”的干干净净的网页，里面有她的全三卷，522篇（其中10篇为遗书和评论等）。

啊完了，突然觉得，怎么可以这样奢侈啊。我眯着眼把鼠标滚来滚去不忍点开篇目，就像小时候拿着八月半刚出锅的大圆麦饼，“吸哈”“吸哈”在手里捧着颠来倒去，舍不得吃；用新稻草穿了，捧着闻闻香，拎着走来走去，还是舍不得吃。可是毫无疑问，看到全集的那一刻，我就已经知道：我会完成它。这是一件根本无需考虑，也用不着下决心的事。

金子美铃（1903—1930），出生于日本山口县大津郡仙崎村。其姨夫上山松藏家开有一家叫作上山文英堂的书店，金子美铃的父亲金子庄之助，在她两岁的时候出任了上山文英堂中国营口分店的店长，可是，不意于第二年（1906年）死在了营口。1918年，姨母去世。其后金子美铃的母亲与姨夫再婚。金子美铃在20岁（1923年）的时候去了位于下关的上山文英堂工作，1923年9月，其诗作在《童话》《妇人俱乐部》《妇人画报》《金星》四种杂志同时发表，引起诗坛反响。她本人则被当时的编辑西条八十盛誉为“年轻的童谣诗人中的巨星”。

1926年2月17日，金子美铃同上山文英堂店员宫本启喜结婚，同年11月生一女。宫本因与弟弟正佑关系不和，又受店主上山氏的冷遇，继而自暴自弃，在男女问题上极度不检点，同时又禁止金子美铃的写作及通信，更使金子美铃感染了淋病。1929年，从夏到秋，金子美铃誊清了三册文稿，贫病交加。1930年2月与丈夫分居，2月27日离婚（手续上未生效）。金子美铃要求获得女儿的抚养权，其夫一度答应后又反悔。3月9日，金子美铃独自去下关一家叫“三好”的照相馆拍了遗照。3月10日，在上山文英堂服安眠药自杀。

从20岁到26岁，短短几年间，金子美铃完成了《美丽的小城》《天上的妈妈》《寂寞的公主》三册计512首诗的写作，其中公开发表的未到二成。1982年，经儿童文学学者矢崎节夫不懈地搜集整理，三册以手抄本形式湮没在漫长岁月里的诗集才得以问世。

懵懵懂懂，我就开始了。我给自己规定的量是每天不少于三首，这样，我才有可能在半年内完成它。确实，后来看到斯特兰德的一句话也印证了我最初的恐惧（“因为要翻译，一个人就必须停止存在”）。白天本不是我的，它是工作的，到了晚上，我是金子美铃的。

我得承认，翻译第一卷的时候我看到更多的是表象，比如景致，比如情趣。可是译完第二卷回头重看第一卷的时候，我感觉到了很深的不安：如果说这些诗是花，那么生长它的又是什么样的土地？

是的，生长这512首诗的，是一个大的时代，是一个有天灾（1923年关东大地震和火灾）的暗灰的时代；生长这512首诗的，也是一个小镇，一个有童话、民谣、戏剧、宗教，有各种传统节日，也有电影、魔术、西洋镜等舶来文化的，有风有雨的海滨小镇；生长这512首诗的，更是一个失怙、清贫、温凉的家庭，一个在不幸里面的、朴素明亮的灵魂。

即使是个体的孤独，即使这孤独的背景是风花雪月，我也并不认为金子美铃是风花雪月的；金子美铃的诗，也绝不是用了孩子腔说话，为孩子写的，或逗孩子开心的所谓童诗，虽然，她正被叫作童谣诗人。实在的情形，仅仅是她有一颗孩子一样的干净的心。她向往从神龛的小门进去，去走向一个被光明照彻的神的世界；向往在坟墓里，蚕蛾般长出翅膀，变成天使飞。因为有宗教般的对于美的向往，死亡于她，且是欢喜的吧。她全然不顾读的人的疼。

而我自己，亦在70年代的江南乡下有过一个繁盛寂寞而美好的童年。类似的童年体验，正是得以走进金子美铃世界的秘密通道。诗中出现的摸瞎子、打弹珠、抢四角、滚铁环、拍纸壳、折纸等游戏，也正是70年代中国乡下孩子烂熟的把戏；至于朝霞星空、虫鸟花草，我所见的和金子美铃所见的，正是属于同一个尚未工业化的老世界的吧；而鸭跖草、委陵菜、酸模、胡颓子、野老鹳草……这些老世界的老邻居，我想，我见着它们时心里所怀的亲切，也正是金子美铃所有过的吧。

我深知，好的译者是不需“存在”的。因此我试图在汉语上尽最大可能保留原文的本来面目，甚至包括词性、语序及格式。所涉及动植物，均根据原日语名称查询其拉丁名，再由拉丁名转换成中文名。原诗中引用的民间故事及童谣部分，亦在译注中做了完整补充；另有相关时代背景和民俗学背景，亦在译注中做了粗略介绍，相信这些并非蛇足。

不知道是什么样的缘分让我遇见金子美铃（我遇到的，真的是“她”而不是她的“诗”），我知道我遇见的其实也不全是她，还有我自己。2016 年 6 月 10 日的下午，阳光通透，我抱着春天友人从日本寄来的《金子美铃全集》，去楼下小花园给它们拍照。拍完了回来，把书放上书桌，突然泪如雨下。

2016 年 6 月 26 日—7 月 3 日